UN ÉPISODE

DU TEMPS

DE LA TERREUR.

Imprim. P.-A. Bourdier et Cie, 30, rue Mazarine.

UN ÉPISODE

DU TEMPS

DE LA TERREUR

PAR Mlle DE PONS.

PARIS

A LA LIBRAIRIE D'AUG. VATON,

50, RUE DU BAC.

1857

AVANT-PROPOS.

Cet opuscule écrit par Mlle Augustine-Éléonore de Pons, au sortir des prisons de la terreur, et dédié à Mme la vicomtesse de Pons sa mère, a été imprimé en 1795, par les soins de cette dame, à un petit nombre d'exemplaires qui ont été distribués à quelques intimes.

Mlle de Pons y décrit, d'un style simple et naïf, les détails de son arrestation en septembre 1793, de son transport à Chantilly, puis à la prison du Plessis, où elle fut détenue avec sa mère jusqu'après la mort de Robespierre. Le triste épisode de la mort du vicomte de Pons son père, y est raconté de la manière la plus touchante.

Mlle de Pons épousa en 1796 le marquis de Tourzel, ancien grand prévôt de France, qu'elle perdit le 5 avril 1815, ayant eu de lui cinq enfants.

Madame la duchesse Des Cars, l'aînée de ses filles, a fait faire une nouvelle édition de ce récit, en y joignant un portrait de sa mère.

Paris, juillet 1857.

LE BONHEUR S'OUBLIE

MAIS LE MALHEUR

JAMAIS NE S'EFFACE.

1794

Retraite calme et paisible, douce tranquillité si nécessaire à mon âme flétrie et fatiguée par les plus longues souffrances, donne assez de netteté à ma triste pensée, pour pouvoir me rappeler quelques circonstances de ce temps malheureux, et augmenter par là le prix de tes jouissances. — Et toi, Humanité si longtemps méconnue, éloigne-toi ! Tu serois irritée du tableau effrayant des malheurs que tes ennemis ont répandus sur une de leurs victimes.

Toute mon enfance avoit été heureuse ; élevée avec soin par une mère tendre, j'avois acquis le talent de ne jamais m'ennuyer, en employant tous mes momens. — Accoutumée à jouir de la tendresse et du sentiment de mon bon et aimable père, je trouvois mon bonheur à passer chaque jour quelques heures avec lui.

J'étois enfin parvenue à l'âge de dix-huit

ans, sans avoir éprouvé de véritables malheurs, excepté la perte de l'amie de mon enfance ; pour la première fois mes larmes avoient coulé, et j'avois senti que le malheur pouvoit exister.

J'allois peu dans le monde, je voyois chez maman un certain nombre de parens et d'amis, et au delà, rien n'existoit pour moi. J'avois plus d'une fois rejeté l'idée d'un changement d'état ; car j'avois assez de raison pour désirer être heureuse, et ne pas me sacrifier à une grande fortune. Les circonstances impérieuses et affligeantes dans lesquelles je me suis trouvée depuis ne m'ont jamais fait regretter ma manière de voir et de sentir à cet égard. Ma vie étoit douce, uniforme, et je me croyois née pour être heureuse : que j'étois loin alors de prévoir le fatal événement qui répandra l'amertune sur ma vie entière, et qui empoisonnera tous les momens de mon existence !

O mon père ! de ce séjour de paix et de bonheur réservé à la vertu persécutée, regarde encore ta fille malheureuse ! reçois comme une offrande agréable les larmes dont elle arrose tes cendres. — Son cœur te servira de tombeau, et ta mémoire respectée et chérie y sera à jamais révérée.

Nous nous étions retirées depuis quelques mois dans une petite ville, où nous espérions éviter les violentes secousses qui sembloient devoir agiter la masse de la nation. Tout à coup arrive l'ordre d'arrêter tous les nobles, et malgré la mauvaise santé de maman, on nous comprit dans le nombre des *suspectes;* au bout de huit jours d'arrestation provisoire, on nous fit espérer une révocation à cet ordre extraordinaire, lorsqu'au milieu de la nuit le 5 septembre 93, cinq gendarmes viennent nous signifier l'ordre du départ pour Chantilly, où se faisoit le grand rassemblement de tous les détenus du département. Un tremblement terrible s'empare de moi; cependant j'eus assez de force pour courir au lit de ma mère, et m'étant attachée à son cou : Courage, maman! c'est le moment de la résignation; quoi qu'on fasse, nous ne nous quitterons jamais. Je crus alors que la déportation, ou peut-être même la mort, suivroit de près cette étrange mesure de *sûreté;* en conséquence, je renvoyai tout ce que je possédois de précieux, et ne gardant qu'une seule petite chaîne, je donnai le bras à maman, en disant adieu à nos pauvres domestiques en pleurs. Je partis avec d'autant plus de courage, que mon père n'étoit pas encore arrêté. Il le fut un mois après, à Paris, lorsque la mesure étoit universelle dans toute l'étendue de la République.

Nous arrivâmes au nombre de trente ou quarante, la plupart en charrettes, dans la cour du château de Chantilly. On nous reçut au milieu des épées et des baïonnettes, on inscrivit nos noms, et après la visite de nos effets, on nous fit monter dans les chambres qui nous étoient destinées. Maman ne pouvoit alors ni marcher, ni se soutenir sur ses jambes ; son état inspira au concierge une sorte de pitié ; en conséquence, il la prit dans ses bras, et nous donna, pour nous deux et une femme de chambre, une assez jolie petite chambre à feu, où nous nous trouvâmes fort passablement en comparaison des autres.

Nous nous vîmes aussitôt entourées de personnages inconnus qui nous avoient précédées dans ce séjour, et qui vinrent reconnoître les nouveaux arrivans. Il y avoit déjà une assez grande quantité de jeunes femmes qui, voulant tuer le temps, passoient la journée à parcourir l'immense maison. Je me liai un peu avec deux ou trois de ces dames ; je suivis leur exemple, et je visitai pendant huit jours tous les coins de notre habitation. Il faisoit fort beau, et n'ayant nulle espèce de promenade, nous fîmes des milliers de fois le tour des *plombs*. — Je me lassai bientôt d'un genre de vie auquel je n'étois pas accoutumée, et qui ne convenoit ni à mon âge, ni à mes goûts. Voyant d'ailleurs que l'état de détention seroit d'une durée beaucoup plus considérable que nous ne l'avions cru d'abord, maman fit venir des livres, me conseilla d'en profiter, en ajoutant que rarement on s'attache à des gens qui diffèrent en tout de notre manière d'être; qu'ainsi il étoit inutile de cultiver davantage leur amitié : je suivis ses conseils, et je me retirai de cette foule; je cherchois à m'occuper davantage, et ne pouvant alors cultiver des talents agréables, je devins ménagère, et fus bientôt obligée de faire par nécessité ce qui d'abord n'avoit servi qu'à m'amuser. On renvoya notre femme de chambre au bout de six semaines, et le commissaire déclara que les détenues qui, comme moi, étoient jeunes et bien portantes, se serviroient elles-mêmes, et soigneroient leurs parens.

La quantité de prisonniers augmentant chaque jour, chacun chercha à se lier avec ceux qui avoient les mêmes goûts; les uns raisonnoient de sang-froid sur les malheurs présens, et cherchoient à anticiper sur un avenir plus triste; d'autres se réunissoient pour faire une lecture intéressante. Nous vîmes plus particulièrement trois ou quatre personnes qui, chaque soir, venoient causer et raconter les nouvelles extérieures et intérieures. Il se trouva parmi nous des musiciennes, nous fîmes venir des instrumens, et nous trouvâmes bientôt par ce moyen un adoucissement à nos maux : on proposa ensuite de danser en petit comité; cet avis fut goûté, on se rassembla au nombre de huit ou dix dans la chambre la plus vaste, et au son de la voix, nous dansâmes deux ou trois fois de très-bon cœur. Plusieurs détenus qui n'aimoient pas la danse, se mirent de mauvaise humeur, et parurent mécontens; alors nous cédâmes, et ne dansâmes plus. Ce qui suivit ne nous donna pas envie de recommencer.

On commençoit à tourmenter les détenus et à les tourner de tous sens pour fomenter une prétendue révolte; on n'est jamais parvenu à l'effectuer ; mais ils n'en ont pas été moins malheureux. Chaque jour étoit marqué par une privation ; défense de voir les gens qui venoient nous apporter des secours, défense d'approcher même des grilles qui nous en séparoient, enfin défense d'écrire même à nos parens. On remplaça la gendarmerie qui nous gardoit par un détachement de l'armée révolutionnaire qui arriva à dix heures du soir à la lueur des flambeaux, au bruit des tambours, et escorté de deux canons, et pour s'emparer du poste important qui lui étoit confié, en remplissant la cour des cris *ça ira*, et des menaces contre les détenus. Nous crûmes que c'étoit notre dernier jour; et l'agréable vue de deux canons braqués vis-à-vis la porte d'entrée ne contribua pas à nous rassurer. Peu de temps après, un soldat, revenant ivre le soir, se jeta dans les fossés; aux cris que jetoit le malheureux, la garde ne fit pas le moindre mouvement et laissa périr cet homme, donnant le lendemain pour excuse, qu'on avoit cru que c'étoit un détenu. Eh bien! ces mêmes détenus se réunirent pour donner à la veuve du soldat la somme de 600 livres. Ce fut au milieu de ces vexations, que j'appris la nouvelle d'une maladie terrible qu'essuya mon père ; je sentis, pour la première fois, le malheur d'être prisonnière ; ne pas le voir, ne pas le soigner, me parut le plus grand de tous les supplices. Cependant je n'étois pas encore arrivée à l'époque de mes malheurs ; mon père se rétablit, et j'eus la nouvelle consolante de le savoir chez lui aussi bien qu'il pouvoit l'espérer.

Paris commençoit dès lors à devenir le théâtre des horribles forfaits qui s'y sont commis ; nous cherchions à nous dissimuler les malheurs qui nous menaçoient ; et comme on se livre bien plus facilement à l'espérance qu'à la crainte, je me disois toujours que les crimes étoient exagérés, et que nous avions bien assez de nos peines sans les augmenter encore par la crainte d'un funeste avenir. Sur ces entrefaites, arrive un ordre d'amener au tribunal révolutionnaire à Paris un de nos détenus ; et au bout de quatre jours, on se dit tout bas la fin tragique de ce malheureux et de sa famille, sur une simple dénonciation. Dès ce moment, la terreur s'empara de tous les esprits, et ne fit qu'augmenter à l'arrivée d'un nommé *Martin*, envoyé du comité de sûreté générale, chargé, disoit-on, de tous pouvoirs, et ne parlant jamais de l'objet direct de sa mission. Cet homme ne portait pas le bonnet rouge comme ses associés, mais son cœur étoit digne du rôle qu'il venoit jouer. Il commença l'exercice de ses pouvoirs en nous faisant comparoître devant lui, pour confronter nos noms et s'assurer du nombre de ses victimes. — Au bout de quinze jours, on annonça le départ de plusieurs détenus pour différentes maisons d'arrêts de Paris ; une mère de famille, se voyant enlever son mari, alla supplier Martin de la faire partir avec lui. — Prends garde, lui répondit-il, tu peux partir, mais tu seras inscrite comme *agitatrice* et contre-révolutionnaire. Elle partit, et Martin la fit mettre dans une prison de Paris, séparée de son mari.

Il y eut bientôt un nouveau départ de trente détenus ; chacun frémissoit pour sa mère, pour sa femme, pour ses amis, on n'osoit ni se parler, ni presque se regarder, et la douleur se peignit sur tous les visages. Ce fut dans ce temps-là qu'on établit la table commune ; pour peu qu'on ait été en prison, on sait ce que cela signifie, c'est-à-dire qu'on nous fit mourir de faim en commun. Nous eûmes le bonheur de commencer l'essai de ce nouveau régime et de servir de modèle aux autres bastilles : des pommes de terre *germées, du foin* en épinards, et une espèce de lentille qui ne se donne qu'aux chevaux, telle fut notre unique nourriture tout le temps que subsista la maison d'arrêt. Heureux quand, à force d'argent, on pouvoit se procurer quelques vieux œufs qu'on mangeoit en cachette ! Les petites vexations intérieures se multiplioient à l'infini ; on avoit établi une visite journalière de l'armée révolutionnaire qui venoit à neuf heures éteindre le feu et souffler les lumières, et il étoit impossible d'écrire et de recevoir un seul mot de ses parens. — Ne pouvant imaginer qu'il pût nous arriver quelque chose de pis, je me consolois par l'espoir d'un avenir plus heureux, et par la certitude que désormais les événemens de la vie qui souvent nous contrarient et nous tourmentent sans sujet, ne me feroient que bien peu d'impression, en les comparant à tout ce que nous aurions souffert, tandis que la plus légère jouissance nous seroit d'un prix infini. — Je repoussois toujours l'idée affreuse des malheurs qui sembloient nous menacer, et jamais il ne m'étoit venu dans la pensée qu'ils pussent atteindre ce qui m'étoit le plus cher. — Le temps s'écouloit insensiblement, il y avoit huit mois que nous étions détenues, et ne pouvant espérer notre liberté, mon seul désir étoit de pouvoir être réunie à mon père. J'étois accoutumée aux incommodités de la prison, — mon piano m'étoit d'une grande ressource, il servoit à amuser le soir de pauvres prisonniers, qui, errans tout le jour dans leurs tristes corridors de bois, venoient à l'heure accoutumée auprès de notre fenêtre, pour entendre les sons que j'en tirois.

Le 3 d'avril, à huit heures du matin, entre chez nous le concierge qui me prie de le suivre chez le commissaire. Je suis cet homme qui d'un air triste me fait entrer dans la chambre où jamais les détenus n'avoient l'honneur d'être admis. (Depuis deux mois on ne parloit au commissaire que par une ouverture pratiquée dans le mur.) Là, je me trouve entre *Perdry*, premier concierge, un greffier, deux gendarmes et *Martin* qui se promenoit dans la chambre, et qui se retournant de mon côté : — Tu t'appelles Pons. — Oui. — Donne tes noms de baptême. — Vous voulez sûrement parler à ma mère, je vais la chercher ?—Non, non, je te demande tes prénoms. — Les voici ; puis-je savoir à quoi vous les destinez ? — Tu partiras demain pour une maison d'arrêt de Paris avec d'autres détenus. — Sans maman, ah ! Dieu ! quel sort m'est donc réservé ?—Sors à l'instant, où je te ferai emmener. Mes jambes pouvoient à peine me soutenir, j'eus cependant assez de force pour gagner ma chambre ; maman n'y étoit plus : inquiète des bruits de départ qui se répandoient dans la maison, elle descendit aussitôt pour savoir le motif de mon absence. Elle ne l'apprit que trop tôt, et se hâta d'employer tous les moyens de fléchir le barbare commissaire. Ne pouvant le voir, elle lui écrivit à plusieurs reprises, offrit tout son bien à la République, se borna enfin à demander un délai : Ta fille partira, voilà ma réponse ; ce fut effectivement celle qu'il fit au bas de la dernière lettre.

Après avoir passé deux jours dans les larmes et le désespoir, il fallut m'arracher des bras de ma mère, et monter sur la fatale charrette avec sept jeunes personnes enlevées de même à leurs parens, vingt femmes sur d'autres chariots et trente hommes sur trois grandes charrettes, chacun avec un petit paquet à la main, parce qu'il n'y avoit de place que pour les prisonniers. — Nous dîmes adieu à nos compagnons qui remplissoient la cour, et qui indistinctement se réunirent pour pleurer avec nous, forcés cependant de renfermer dans leur cœur l'indignation qu'excitoit une semblable tyrannie. Je reçus, ainsi que mes compagnes, les marques les plus touchantes de l'intérêt et de l'amitié de tous ceux avec qui nous avions eu quelque relation. Les uns me souhaitoient la force de supporter ce terrible malheur, dans l'espoir de voir des jours plus heureux ; d'autres m'assuroient qu'ils auroient bien soin de maman, qu'elle ne manqueroit de rien.

Un pauvre coiffeur, prisonnier comme nous, voulut encore pour la dernière fois, le matin de mon départ, relever mes cheveux. Il en coupa la pointe, et les mit précieusement dans un petit morceau de papier : Permettez, Mamzelle, que je garde ceci, cela me sera bien précieux. — Ce pauvre homme se tint auprès de la charrette, les larmes aux yeux, tout le temps que nous restâmes dans la cour, ne cessant de nous regarder que lorsque l'éloignement nous eût dérobé à sa vue.

Au sortir de la cour, on fit un appel nominal, on nous environna de gardes nationales, et on donna le signal du départ, après être restées une heure entière à la vue de nos parens et de nos amis qui nous disoient un dernier adieu.

On nous fit arrêter au village du Menil où nous dînâmes, toutes ensemble, dans un cabaret, et les hommes dans un autre, malgré les prières des mères de famille qui demandoient de revoir encore leurs maris ou leurs enfans. — A peine avions-nous fini de dévorer un morceau de veau qui nous parut excellent après avoir jeûné deux mois, que le conducteur de la force armée entra avec une liste, et nous nommant chacune, nous ordonna de payer sur-le-champ les frais de notre transport. Je donnai en conséquence, pour ma part, cent quatre-vingt-douze livres. Cette demande, faite à moitié chemin, auroit dû nous faire craindre et prévoir le lieu où on nous menoit ; mais nos réflexions sur notre position actuelle étoient déjà assez tristes, sans chercher à les augmenter par la crainte de l'avenir.

On nous donna bientôt l'ordre de repartir, ayant à notre tête *Martin* bien à son aise dans une berline *volée*, à quatre chevaux, qui avoit le soin de nous attendre à chaque poste pour ne nous pas perdre de vue. On nous fit traverser tous les villages au son du tambour pour amasser la populace, mais personne ne nous insulta ; on lisoit même sur quelques visages une sorte de pitié contrainte par la terreur.

Le *convoi* s'arrêta un instant à Saint-Denis sur les huit heures du soir ; je profitai de ce moment pour prier un de nos gardes de faire approcher une ancienne *Bonne* à moi qui demeuroit tout auprès de l'endroit où nous étions. Cette bonne personne accourut auprès de la charrette et me saisit la main en versant un torrent de larmes ; la sienne étoit froide et tremblante : Consolez-vous, lui dis-je, je ne crains rien de fâcheux, j'ai voulu vous voir pour ma satisfaction personnelle. Aussitôt on lui ordonna brusquement de se retirer, et on gronda fort le pauvre soldat de son obligeance.

Martin nous quitta à Saint-Denis ; mais en revanche, la pluie nous accompagna jusqu'à Paris : l'officier de garde sépara alors les gardes nationales, et s'étant chargé de mener les hommes au Luxembourg, il ordonna aux autres de mener les femmes, je ne sais où, car ils ne purent jamais nous le dire. Après avoir erré dans différentes rues, dont nos conducteurs ne connoissoient pas même le nom, ils parvinrent à nous conduire aux Madelonnettes ; il étoit onze heures du soir, on eut assez de peine à se faire entendre du portier, qui répondit qu'on ne recevoit pas de femmes. — Et à Sainte-Pélagie ? — Tout est plein ; mais au Plessis, vous trouverez place aisément : qui fut dit, fut fait.

Nous arrivons au coup de minuit à la porte du Plessis, qui s'ouvrit, en frémissant sur ses énormes gonds. Alors le valet de chambre de maman, qui m'avoit suivi à pied depuis Chantilly, s'en alla tristement dire à mon père l'arrivée et le domicile de sa fille. — Nous avions entendu, en entrant au Plessis, des propos fort peu rassurans de la part d'un homme qui rôdoit autour de nous. — Après avoir traversé les voûtes et la cour, on nous arrête ; alors nos gardes nous aidèrent à sortir des charrettes où nous ne pouvions plus tenir de lassitude. Il n'avoit encore paru ni concierge, ni gardiens ; il arrive enfin un portier en bonnet de coton, avec une jaquette moitié verte, moitié jaune, un gros trousseau de clefs et une lanterne à la main. Ce fut à la lueur de cette lanterne que nous aperçûmes des *guichets*, des fenêtres bouchées aux trois quarts, des barreaux de fer énormes, et des tas de pierres et de matériaux ; enfin nous vîmes une vaste prison qu'on se proposoit d'agrandir encore.

On nous fit traverser deux guichets, et aussitôt nous fûmes entourées d'une douzaine de guichetiers plus hideux les uns que les autres ; ils avoient tous le bonnet rouge, le col nu, les manches retroussées, et l'air de se disputer d'avance nos dépouilles. Un d'entre eux s'empara de la liste, et pouvant à peine déchiffrer nos noms, il nous fit passer dans une grande chambre qui nous parut être un cachot ; un banc de bois régnoit tout autour, et une foible lampe nous prêtoit sa lumière. Mourantes de soif, nous demandâmes de l'eau. — Qu'on apporte un seau d'eau pour les citoyennes, s'écrie *Baptiste*, le plus grand misérable des guichetiers. Nous le reçûmes avec transport. Nous avions obtenu que nos gardes nationales resteroient cette nuit dans l'intérieur de la maison, jusqu'à ce que nous ayons parlé à quelque commissaire ou concierge, pour décider notre sort. Un de ces gardes, qui m'avoit reconnue pendant le voyage, s'étoit approché de moi en entrant dans la prison, et les larmes aux yeux, me dit à demi-voix : Tranquillisez-vous, on saura demain le lieu que vous habitez ; j'instruirai vos amis, vos parens ; on vous en fera sortir, je l'espère. Comme le moindre sentiment d'humanité fait du bien ! Je l'ai revu depuis ce brave homme, et je n'ai pu que bien faiblement pour mon cœur lui témoigner ma reconnoissance.

A une heure du matin, on nous annonce le concierge (il venoit de souper en ville). Son œil étoit faux et hagard, son visage pâle et livide ; mais un sourire vint embellir sa physionomie, lorsqu'il entrevit aussi bonne compagnie. Au moment de son entrée, tout le monde veut parler à la fois. — Citoyen, où sommes-nous ? — Cette prison a l'air d'être destinée aux forçats, nous ne sommes pas de ce nombre ; — à qui faut-il s'adresser pour obtenir d'être transférée dans une maison d'arrêt où nous trouverons des parens ? — Calmez-vous, *mes petites mères*, nous répondit-il, vous n'êtes pas encore écrouées, je ne vous garde cette nuit que par *humanité ;* cette maison est uniquement destinée aux contre-révolutionnaires, et ne dépend que de l'*Accusateur public ;* demain on fera votre rapport, et je vous instruirai de votre sort. Au reste, vous serez bien ici, je sais ce que c'est que de conduire une maison d'arrêt, j'ai fait mon apprentissage à *Port-Libre*, qui, sans me vanter, est assez bien organisé. Le malheur et le désespoir me donnèrent alors plus de hardiesse qu'à mon ordinaire. Il est contre votre devoir, lui dis-je, de nous garder ici un quart d'heure de plus. Vous n'avez pas d'ordre pour nous recevoir, et nous ne devons pas paroître uniquement à vos yeux des contre-révolutionnaires.... puisque nous ne sommes pas désignées comme telles. Voilà une citoyenne bien vive, reprit en ricanant ce vilain homme, et ne proférant plus que des monosyllabes, il vint de nouveau adapter notre nom à notre figure, et s'en alla en nous faisant jeter nos matelas tout roulés.—Le désespoir, qui jusqu'alors m'avoit inspiré de la fermeté, fut bientôt remplacé dans mon cœur par un sentiment bien plus douloureux ; la comparaison de la situation où je me trouvois avec celle où j'avois été toute ma vie ; l'espace énorme qui sembloit s'être écoulé depuis ma séparation de maman, le malheur de me voir dans ce lieu d'horreurs, séparée de tout ce qui m'étoit cher, tous ces sentimens réunis me firent verser des larmes amères.— Une partie de mes compagnes se jetèrent sur leurs matelas, d'autres cachèrent dans leurs vêtemens ce qu'elles avoient d'argent et de bijoux. Pour moi, je m'assis par terre, appuyée sur des matelas, à côté d'une jeune personne de mon âge, aussi malheureuse que moi, et à qui je m'attachai dès lors particulièrement, à cause de la conformité de notre position et de nos malheurs. J'étois trop agitée pour espérer le sommeil, ma tête étoit entièrement perdue ; je voulois me persuader que tout ce que j'éprouvois étoit l'effet d'un rêve affreux dont l'impression m'étoit restée ; malheureusement l'affreuse vérité venoit bientôt me détromper. Le froid et l'humidité nous pénétrèrent bientôt, et un frisson insupportable vint remplacer l'extrême chaleur que le désespoir nous avoit procurée. — Le jour parut ; ah ! Dieu ! quel jour ! nous l'aperçûmes par trois grandes ouvertures pratiquées à la hauteur de dix pieds, auxquelles on adapta des vitres dans le courant de la journée, pour le bien-être de ceux qui nous succéderoient.

Aussitôt qu'on put distinguer les objets, chacune chercha à se reconnoître : nous étions toutes aussi défaites et aussi méconnoissables les unes que les autres. Un triste *bonjour* se fit entendre, on sembla reprendre un peu de courage, en éprouvant une sorte de joie de se revoir : je pris le bras de mon amie, et nous nous mîmes à marcher très-vite, en parcourant diagonalement l'espace qui restoit libre. La faim se fit bientôt sentir, car, depuis le dîner de la veille, nous n'avions eu que le *seau d'eau* pour ressource : alors *Baptiste* donna ordre à ses camarades, d'une manière fort *énergique*, de nous apporter à déjeuner. Au bout de deux heures d'attente, nous vîmes paroître café, chocolat, petits pains, toutes choses que nous n'aurions pas attendu dans une prison ; mais avec de l'argent on pouvoit alors avoir tout ce qu'on demandoit ; tout cela fut dévoré en un instant. A onze heures on nous annonce *Martin*, qui en entrant jette un coup d'œil sur ses victimes, s'approche de l'une d'elles pour lui demander un manteau appartenant à un détenu de Chantilly, et se retourne aussitôt pour s'en aller : alors nous oubliâmes un moment et ce que nous étions, et quel étoit celui auquel nous nous adressions ; nous implorâmes sa pitié, son *humanité*, et n'en obtenant pas de réponse, nous nous bornâmes à lui remettre pour nos parens quelques lignes écrites sur un chiffon de papier. Je me reprocherai toujours d'avoir espéré un moment trouver le moindre sentiment de compassion dans le cœur de ce misérable.

Après son départ on renvoya nos gardes nationales, et on installa des guichetiers dans l'intérieur de notre chambre. Nous vîmes paroître ensuite un inspecteur nommé *Grandpré;* il eut l'air d'être touché de l'état où il nous trouva, et nous promettoit même d'agir de son côté pour nous faire transférer où nous désirions l'être, lorsque *Haly*, concierge, entra suivi de son énorme chien, et lui dit que nous devions prendre notre parti, et nous accoutumer à la maison, parce que nous étions *écrouées* comme *agitatrices* et *récalcitrantes* au régime de la maison d'arrêt de Chantilly. Il étoit évident que Martin n'étoit venu le matin que pour river nos fers. Un cri d'étonnement et de douleur se fit entendre ; mais à quoi servoit-il de se plaindre !

Cette matinée me parut un siècle : ce temps

si vite écoulé, quand on sait jouir du bonheur; sitôt passé quand on sait seulement l'employer, ce même temps ne s'use que bien lentement quand on est malheureux. — A trois heures la porte s'ouvre, c'est un billet pour la citoyenne Augustine. Quelle joie! le lire et y répondre fut pour moi l'affaire d'un instant : on peut donc écrire ici et avoir des nouvelles de ses parens; dès lors j'eus moins mauvaise opinion de la maison. On permettoit encore d'écrire pour demander ce dont on avoit besoin, et par ce moyen on savoit l'existence de ses amis. Cette douceur nous fut bientôt enlevée. — Sur le soir nous remarquâmes un air de mystère parmi nos gardiens, et le bruit se répandit qu'on alloit nous fouiller; nouveaux expédiens pour cacher les assignats, car c'est en prison où ils sont nécessaires. Haly nous fit dire que les chambres qui nous étaient destinées étoient prêtes; mais qu'avant d'y monter, il falloit venir nous faire enregistrer deux par deux. Ce fut alors qu'il nous parla de l'usage de la maison, qui étoit de déposer toutes armes offensives, tels que couteaux, ciseaux, fourchettes, ensuite les montres, parce que *les ressorts pouvoient servir à limer les barreaux*, enfin l'argent, à la réserve de 50 liv., et ajouta que ce règlement n'étant pas encore tout à fait en vigueur, il se dispenseroit de nous fouiller, par égard pour nous, mais qu'il falloit déposer tout ce qui est mentionné ci-dessus. Nous le fîmes scrupuleusement, à la réserve des assignats que nous eûmes le bon sens de réserver pour les commissions secrètes. On nous dit ensuite de suivre les guichetiers. Pour mon bonheur, j'étois avec madame de Duras, qui voulut bien me servir de mère dans cette affreuse position, et à laquelle je ne puis témoigner ma reconnoissance qu'en lui vouant à jamais les sentimens de la fille la plus tendre. — On nous fit passer un guichet, et monter successivement cinq étages, à chacun desquels étoit double guichet, fermé à clef et aux verroux, et gardé par quatre hommes, si on peut appeler ainsi des êtres aussi vils et aussi barbares. Il est cependant parmi eux quelques humains qui savent compatir aux maux de leurs semblables, mais le nombre en est bien petit. — Nous arrivâmes enfin à un corridor de trois pieds de large, dans lequel étoient pratiquées un grand nombre de petites portes. On en ouvre une, et on nous enferme toutes deux dans un carré de huit ou dix pieds, à moitié rempli par un lit proportionné à la chambre, et deux chaises. Il y avoit une petite fenêtre garnie de barreaux, qui heureusement se trouva à hauteur d'appui. — Madame de Duras s'assit en silence sur un matelas, et, me voyant au désespoir, elle voulut me calmer en m'inspirant le courage que j'admirois en elle : Nous sommes donc destinées à périr ! m'écriois-je toujours ; il est impossible de vivre dans un espace aussi étroit. O mon Dieu ! puissent tous mes amis ne jamais venir ici !

Il fallut se coucher, l'une par terre sur un matelas, l'autre sur ce misérable lit. Nous eûmes à notre réveil l'agréable visite d'Haly qui fut fort étonné de ne pas nous trouver aussi bien et aussi contentes qu'il l'espéroit ; lorsqu'il eut déverrouillé toutes nos compagnes, on s'empressa de se chercher mutuellement. Ensuite il fallut vaquer aux soins du ménage ; mais ce ne fut qu'après des demandes bien souvent renouvelées, qu'on donna permission de descendre six marches de l'escalier pour prendre de l'eau, et celle de faire un peu de feu dans un grenier tenant à notre corridor. On pouvoit alors faire venir à dîner du dehors, je profitai de cette occasion pour avoir des nouvelles de mon père, qui alors étoit chez lui pour cause de maladie ; c'étoit là le moment heureux de la journée, surtout quand je reconnoissois sa main chérie. — Nous nous arrangeâmes pour dîner trois par trois, et le reste de la journée se passoit à lire et à écrire. A huit heures, les gardiens faisoient la visite de chaque chambre, le registre à la main, et recommençoient ordinairement trois fois, parce que leur état habituel d'ivresse les empêchoit toujours de trouver leur compte. Ensuite de quoi, les verroux se fermoient jusqu'au lendemain à huit ou neuf heures, suivant le bon plaisir des guichetiers. Nous avions aussi tous les deux ou trois jours la visite d'Haly à différentes heures; souvent à minuit, au moment où le sommeil bienfaisant faisoit oublier une triste journée, on étoit subitement réveillée par le bruit des guichets qui s'ouvroient avec fracas pour laisser passer le concierge. — Il arriva une fois suivi de six gendarmes chez une d'entre nous, où, disoit-il, on avoit entendu du bruit.

Les huit premiers jours de notre établissement furent principalement employés à écrire à nos parens, et à rédiger chaque matin une pétition adressée au cruel Fouquier-Tinville, à l'effet d'obtenir notre réunion à nos familles. Jamais une seule de nos lettres n'est parvenue, ni bien heureusement une de nos pétitions, puisqu'il suffisoit de demander justice pour être sacrifiée un peu plus tôt. — Grandpré vint nous revoir, et nous dit que nous serions taxées d'*aristocratie*, si nous voulions persister à refuser de prendre l'air une heure par jour dans une cour destinée à cet usage. Il est vrai que nous regardions comme fort pénible, et pas du tout salutaire, la tâche de descendre six étages, l'horreur de traverser tous ces guichets, et l'ennui de marcher dans un espace fort resserré et entouré de planches, pratiqué dans une cour dont on ne donna l'usage que lorsque le nombre des prisonniers l'exigea. Il fallut céder et aller à la *promenade*, précédées et suivies de gardiens ; nous arrivâmes dans cette petite cour occupée par quatre gendarmes, et où nous trouvâmes une vingtaine de femmes arrivées de la Conciergerie, qui logeoient au-dessous de nous. On avoit pour unique point de vue dans cette cour le bâtiment immense que nous occupions, garni du haut en bas de figures humaines qui, à travers les énormes barreaux, regardoient et frémissoient sans doute de retrouver parmi les femmes qui leur succédoient dans cette cour, une mère, une sœur, dont peut-être depuis longtemps ils ignoroient le sort. — Hélas ! dans cette horrible, prison, le père étoit toujours séparé de sa fille, le mari de sa femme, et ce n'étoit qu'à l'heure de la promenade qu'ils pouvoient s'assurer de leur existence. — L'idée de la mort ne s'étoit pas encore une seule fois présentée à mon esprit, et ne voyant pas de papiers publics, on nous dissimuloit une grande partie des crimes qui se commettoient, lorsqu'on amena dans notre corridor deux femmes de la Conciergerie, mesdames de Bussy et de Grimaldi, qu'on nous dit être traduites au tribunal et devoir être jugées dans quelques jours. L'idée que ces malheureuses femmes nous donnèrent du tribunal, des formes qu'il falloit suivre, et la fin cruelle de plusieurs personnes de notre connoissance, tout cela commença à nous donner de vives inquiétudes. On vint bientôt chercher madame de Bussy, mais on la ramena le soir assez rassurée et assez contente du juge qui l'avoit interrogée sur des accusations aussi frivoles que toutes les autres. Nous nous empressâmes de calmer encore son esprit, et nous commencions même à tirer de son affaire un heureux augure pour nous, quand, au bout de deux jours, on vint de nouveau la chercher, et pour ne plus revenir.... Le lendemain, les gardiens se saisirent de ses effets et les vendirent aux détenus.... Ce fut alors que nos yeux s'ouvrirent ; nous remarquâmes, du haut de nos petites fenêtres, la prodigieuse quantité de prisonniers qui arrivoient chaque jour, et en même temps, le changement de visages qui étoit sensible. Nous apprîmes ensuite la mort d'une quantité de personnes aussi recommandables par leurs vertus que par leur âge et leurs talens. Mais rien ne nous faisoit autant de mal que la réponse ordinaire du concierge, à des questions vagues que nous lui faisions de temps en temps sur différentes personnes. — C'est fini, tout cela est fini, ne me parlez jamais de ces noms-là.

Un mois s'étoit écoulé depuis mon départ de Chantilly, lorsque maman arriva au Plessis avec un convoi de trente personnes. Elle avoit obtenu, à force de demandes, notre réunion, et c'étoit au Plessis qu'on l'effectuoit ! c'étoit comme coupables qu'on nous réunissoit ! la joie de la revoir anéantit toute autre idée. Quatre jours après son arrivée, mon malheureux père fut mené à Sainte-Pélagie. — Je fus au désespoir, mais je n'eus pas encore la moindre inquiétude ; je regrettois seulement de n'être pas dans sa prison, de ne pouvoir pas adoucir sa captivité ; au moins je l'aurois vu, j'aurois peut-être obtenu de pouvoir pleurer un instant avec lui ; mais toute consolation m'a été refusée, ma malheureuse destinée le vouloit ainsi....

Le plus petit mouvement dans cette prison excitoit un attendrissement involontaire ; je me promenois tristement un soir avec mon amie le long du bâtiment dont j'ai parlé, lorsque nous aperçûmes un petit morceau de bois s'agiter par terre, je le ramassai ; il étoit attaché à un fil qui sortoit d'un cachot, et étoit entouré d'un morceau de papier, sur lequel étoient tracées quelques lignes à moitié effacées que nous lûmes avec beaucoup de précipitation. — Trois infortunés manquant de tout dans ce cachot, imploroient notre pitié. Est-il possible que nous soyons entourées d'autant de malheureux, dis-je à ma compagne ? nous réunîmes le peu d'argent que nous avions sur nous, et en ayant fait un petit paquet, mon amie le jeta à la hâte dans le souterrain, tandis que je faisois semblant de ramasser une pierre. Heureusement le cachot n'étoit pas encore tout à fait grillé ; des battemens de mains se firent entendre et retentirent au fond de notre cœur.... Nos yeux se remplirent de larmes, et lorsque nous fûmes renfermées dans nos petites chambres, j'éprouvai toute la soirée un sentiment de joie que je ne connoissois plus, d'avoir contribué à adoucir un moment la position d'un être souffrant. — Nous n'avons jamais pu savoir le sort de ces malheureux, peut-être et sûrement même vaut-il mieux l'ignorer.

Six semaines après on nous sépara des femmes qui étoient en jugement, et on nous fit passer dans un corps de logis qui donnoit sur la cour d'entrée, en face de celui que nous quittions. On sépara de même les hommes traduits au tribunal, d'avec ceux qui, comme nous, avoient le degré de plus à monter. Nous ne trouvâmes que deux guichets dans ce nouveau domicile, et ce bâtiment étant uniquement destiné aux femmes, on nous laissa la liberté de le parcourir du haut en bas, ce qui nous parut, les premiers jours, une demi-liberté. Le local cependant étoit fort malsain; les fenêtres bouchées presque entièrement, des plâtres neufs et l'odeur des peintures, nous firent beaucoup souffrir. Maman devint fort malade et eut pendant six semaines une toux affreuse, et un violent mal de poitrine que je gagnai ensuite ; je perdis bientôt l'air de santé qui m'est habituel. Mon visage devint l'image de mon âme abattue, anéantie par le désespoir et la certitude de ne jamais sortir de ce lieu d'horreurs. Tout contribuoit à m'affliger : ma compagne venoit d'éprouver le malheur affreux de perdre son père, enlevé sous nos yeux, et qui un quart d'heure avant son départ, lui avoit fait des signes d'amitié et de gaieté. Je partageai sa douleur, et je mêlai mes larmes aux siennes ; en même temps, le souvenir, l'idée de mon père se retraça plus vivement à mon imagination ; ma tendresse pour lui s'augmenta encore, je lui écrivis ce jour-là même par un homme sûr, mais je n'eus pas de réponse.... Il venoit d'être transféré dans une maison de santé, cela m'avoit tranquillisé tout à fait, et je n'avois d'autre pensée que celle de notre réunion. Que j'étois loin du terrible malheur qui me menaçoit ! Trois ou quatre jours après, c'étoit, je crois, le 18 juin, il faisoit une chaleur horrible, et malgré la puanteur et l'aridité de la cour, on croyoit y respirer un peu plus librement ; j'y descendis de meilleure heure que de coutume, et m'y promenai avec deux ou trois jeunes personnes ; j'étois absolument bouleversée ce jour-là, il me sembloit que j'éprouvois un sentiment pénible, douloureux, et cependant que je désirois conserver : tout à coup, le concierge place un gardien au milieu de la cour, en lui ordonnant de nous empêcher de passer outre. Je demandai machinalement l'explication de cet ordre nouveau ; on me répondit qu'il venoit d'arriver des prisonniers dans la *souricière*, lieu où on les déposoit en arrivant, et qu'on nous défendoit d'en approcher, afin de laisser un passage libre. Malheureuse ! il étoit là mon père, il m'avoit reconnu, il demandoit qu'il lui fût permis de me voir, de me bénir pour la dernière fois. — Au moment de son arrivée, on lui avoit remis son acte de mort, c'est sûrement le seul exemple d'une barbarie aussi raffinée ! Hélas ! il ignoroit que dans cette affreuse prison, tout est sourd à la pitié, et qu'on n'y entend que la voix des bourreaux ! La concierge le fit monter dans sa chambre, afin de l'éloigner de moi, et lui refusa sa demande, craignant, lui dit-elle, de se *compromettre ;* alors voyant qu'elle n'y consentiroit jamais, mon malheureux père tâcha de l'intéresser sur le sort de sa fille, lui parla de son âge, de sa tendresse pour elle, et de l'espoir qu'il emportoit en mourant, de croire à des jours plus heureux pour elle.... Enfin il jeta un dernier regard sur cette cour où j'étois encore, et fut enlevé à neuf heures du soir, conservant toujours un courage qui n'appartient qu'à l'innocence. Ignorant entièrement le motif qui me retenoit à cette promenade, pour laquelle je n'avois souvent que du dégoût, je n'avois cédé qu'avec beaucoup de peine à l'empressement de mes compagnes qui vouloient m'en arracher. A huit heures j'y descendis encore, cherchant toujours quelqu'un que je ne pouvois nommer, et ne répondant pas aux différentes questions qu'on me faisoit. Je trouve la concierge sur mon chemin, je lui prends la main : N'est-ce pas, lui dis-je, que vous penserez sérieusement à la demande que je vous ai faite, de nous faire transférer dans la maison de santé de mon père ? donnez-moi votre parole, cela me calmera, j'ai bien besoin de cette consolation. — Oui, je vous assure, me répondit cette femme ; je me suis rappelé depuis qu'elle prononça ces mots d'un ton fort attendri, en me ramenant du côté de ma chambre. Je rentrai assez contente, et je dis aussitôt à maman : Bonne nouvelle ce soir, madame Haly m'a promis de faire agréer notre demande, c'est le seul bonheur que nous puissions espérer maintenant.

Ce fut le surlendemain matin, que madame de Duras, ne consultant que son amitié pour moi, voulut se charger du malheur de m'annoncer avec toutes sortes de ménagemens et de soins, la perte irréparable que j'avois faite. Je crus pendant trois jours qu'il avoit succombé à la maladie dont il ne s'étoit jamais remis ; mais au milieu de mes larmes et de mes regrets, le souvenir de tous les crimes qui se commettoient, le rapprochement de plusieurs circonstances, et surtout un sentiment intérieur qu'on ne peut définir, me dessillèrent les yeux. Aussitôt je monte avec assez de tranquillité chez madame de Duras, et je laisse échapper vaguement quelques mots du sentiment pénible qui m'agitoit; elle tâcha d'éloigner une réponse qu'elle vouloit me laisser deviner. Alors j'allai trouver une autre de mes compagnes, et me jetant à son cou : — Parlez-moi vrai, je vous en conjure, j'ai éprouvé le plus grand des malheurs, ainsi vous ne devez pas craindre de m'affliger davantage : n'est-ce pas qu'il a péri sur l'échafaud? n'est-ce pas? — Calmez-vous, ma chère; mais d'où vous vient cette idée, n'allez pas parler de cela à votre mère! — Oh! non, cela me suffit.... Un mois après, j'appris par hasard toutes les circonstances dont je viens de parler; je voulus en savoir tous les détails, et quelque déchirant que soit cet affreux souvenir, je trouve de la douceur à le rappeler continuellement à ma mémoire.

Depuis cette époque, j'usois tous les jours, croyant chaque matin que c'étoit notre dernier jour, et même je crois l'avoir désiré une fois. Pénétrée de la crainte de voir à tout moment enlever maman, pourquoi aurois-je désiré de vivre après avoir tout perdu? La prison ne cessoit de s'ouvrir pour recevoir de nouvelles victimes. On amena plusieurs maisons de santé, — les Nantois si connus par leur courage et leur malheur; — la grande Force vint aussi au Plessis, ainsi que le convoi de Neuilly au nombre de cent quatorze. On a compté dix-neuf cents prisonniers dans la prison du Plessis, et il ne se passoit pas de jour où on ne menât à la mort quinze ou vingt personnes. On ne peut se figurer l'effroi et la consternation que répandoit chaque jour l'arrivée de l'infâme huissier. C'étoit toujours à l'heure de notre triste promenade : — lorsque l'horrible voiture entroit dans la cour, et que l'huissier paroissoit suivi de gendarmes, la mort se peignoit sur tous les visages ; chacun se retiroit dans sa chambre, et regardoit seulement à travers les barreaux le côté de la prison vers lequel il dirigeoit ses pas. — J'eus le malheur de me trouver dans la cour au moment du départ de madame de Grimaldi ; elle me serra la main, nous dit adieu à toutes, en ajoutant tranquillement : — Je suis contente, au moins je trouverai la fin de tous mes maux. Le lendemain elle n'existoit plus.

Nous n'avons jamais su le motif d'une visite que firent plusieurs centaines de gendarmes au milieu de la nuit, à peu près quinze jours avant le 10 thermidor. Ils remplirent la cour d'entrée, et se portèrent à tous les guichets qu'ils gardèrent jusqu'au point du jour.

Enfin au moment où nous avions perdu tout espoir, la révolution du 10 thermidor nous fit ressusciter et sortir de la tombe où nous étions à moitié descendus. On peut se figurer l'état de perplexité et d'inquiétude où furent les prisonniers pendant la nuit du 9 au 10. Quant à moi, je me couchai fort tranquillement, entièrement convaincue qu'il ne pouvoit nous rien arriver de plus fâcheux que ce que nous avions éprouvé, ainsi nous n'avions qu'à gagner. Le lendemain matin fut signalé par les cris de joie de tous les prisonniers, le son de plusieurs instrumens qui depuis longtemps ne se faisoient plus entendre, et par les signes d'espérance et de bonheur que nous faisoit un malheureux prisonnier mis au secret depuis cinq mois. — Il fut mis en liberté le même jour, au milieu des battemens de mains et des félicitations de tous les prisonniers. — Bientôt les libertés se succédèrent ; — l'espérance et la joie remplacèrent le désespoir sombre dont chacun étoit pénétré ; — six semaines plus tôt, je trouvois bonheur et liberté....

Nous restâmes encore un mois au Plessis, et au bout de ce temps, craignant qu'on ne nous regardât comme une classe particulière destinée au malheur, et en conséquence, qu'on ne nous gardât fort longtemps prisonnières, maman se fit transférer dans une maison de santé, la même que deux mois auparavant j'avois tant désiré habiter. Nous y trouvâmes de la société et un petit jardin qui me parut charmant. J'eus tant de plaisir à revoir des feuilles, que j'en envoyai dans mes lettres, à mon amie que j'avois laissée au Plessis avec bien du regret. —

Au bout de trois semaines, notre liberté arriva, et nous en prîmes possession le 5 octobre 1794, après treize mois et demi de captivité. Nous allâmes aussitôt chercher du calme et du repos dans une petite retraite obscure et isolée, où il ne m'est resté de mes souffrances, que le souvenir déchirant du bonheur dont j'aurois joui, si mon malheureux père eût été épargné....

A Boulogne.

www.ingramcontent.com/pod-product-compliance
Ingram Content Group UK Ltd.
Pitfield, Milton Keynes, MK11 3LW, UK
UKHW020219200726
13856UKWH00004B/1498